푸른사상 시선 154

수평은 동무가 참 많다

푸른사상 시선 154

수평은 동무가 참 많다

인쇄 · 2022년 2월 15일 | 발행 · 2022년 2월 28일

지은이 · 김정원
펴낸이 · 한봉숙
펴낸곳 · 푸른사상사

주간 · 맹문재 | 편집 · 지순이, 김수란, 노현정 | 마케팅 · 한정규
등록 · 1999년 7월 8일 제2-2876호
주소 · 경기도 파주시 회동길 337-16(서패동 470-6) 푸른사상사
대표전화 · 031) 955-9111(2) | 팩시밀리 · 031) 955-9114
이메일 · prun21c@hanmail.net /prunsasang@naver.com
홈페이지 · http://www.prun21c.com

ISBN 979-11-308-1892-4   03810
값 10,000원

푸른사상
시선
154

수평은 동무가 참 많다

김정원 시선집

푸른사상
PRUNSASANG

해외여행을 할까, 논문집을 낼까, 자전거를 살까, 나무를 심을까, 잔치비를 기부할까, 아무것도 안 할까…… 어떻게 회갑을 조용히 뜻있게 쉴까. 이리저리 궁리하다가 시 인생 전반기를 되돌아보고 갈무리하고자 시선집을 낸다. 지금까지 발간한 9권의 시집에서 사람들이 공감하여 문학지와 신문과 방송과 사회관계망서비스에 소개한 시들을 중심으로 70편을 뽑아 묶는다. 바라건대, 식상한 짜깁기가 아니라 신선한 재창작으로, 한 구절이라도 힘들고 외로운 사람들에게 위안과 용기를 주기를!

푸른사상사에 고마움을 표하며, 이 시선집을 평생 농사를 짓다 가신 부모님께 바친다.

2022년 봄, 회갑을 기념하며
죽향(竹鄉) 신흥마을에서
김정원 사룀

5

제3부 **거룩한 바보**

제4부 **환대**

제5부 땅에 계신 하나님

제6부 국수는 내가 살게

제7부 마음에 새긴 비문

제8부 꽃길

제9부 아득한 집

제1부

꽃은 바람에 흔들리며 핀다

1993-2002

2000615

백두에서 한라까지
온 겨레 가슴속에
벅찬 눈물이 강처럼 흐른다

그것은 더 이상
그 무엇에서 자유가 아니라
그 무엇을 향한 자유고

한 나라 두 체제의 객관화,
좌우 날개로 비상하는
위대한 역사다

* 2000년 6월 15일 김대중 대통령과 김정일 국방위원장이 평양에서
  만나 남북공동선언문을 발표함.

소

내가 초등학교 다닐 때
소는 우리 집에서 매우 소중한 식구였고
가장 친한 나의 벗이었다

눈코 뜰 새 없이 바쁜 모내기 철
아버지가 잠시 쟁기질을 멈추고
새참을 드시는 동안
소는 멍에에서 벗어나
논틀길에서 풀을 뜯고
나는 찐 감자를 먹었다

연애하는 사람들처럼 소와 내가
그윽한 눈길을 주고받을 때면
시기하듯 대나무숲에서는
소쩍새가 애처롭게 울어댔고
불대산*에서는
포사격이 시작되었다

쉰 해가 넘도록

암소가 유산하고
고요한 마을의 평화를 깨뜨리는
몹쓸 굉음이었다

눈이 동그란 나의 벗은
워낭 소리를 내지 않고
되새김질조차 그친 채
그 고약한 소리가 지나가기만을
숨죽여 기다리고 있었고

아버지와 나도 그랬다

* 불대산은 전라남도 담양군 대전면과 장성군 진원면에 걸쳐 있고,
  이곳에 육군기계화학교 전차포 사격장이 있음.

존재의 깊이

지난 계절에
무성한 잎들이 자리했다는
흔적도 찾아볼 수 없이
앙상한 나뭇가지 끝에도
전기처럼 온기는 흘러
시린 세월 거뜬히 살아가는
겨울나무가 대견한 오후

어디에 갔을까
어디에 있는 것일까
모처럼 온 식구와 저녁 식사를 꿈꾸며
서둘러 귀가하여
설레는 마음으로 대문을 열자
허탈하게 집 안에는 냉기만 파도치고

늘 그랬던 것처럼
기대가 무참히 무너져 우울할 때
나의 클래식 감상 입문이었던

비발디의 〈사계〉로
집 안의 찬 기운을 몰아내고
라면 한 그릇으로
허기진 배를 달래고 난 한참 뒤에도
아내는 소식이 없다

나는 아내를 모른다는 사실을
새삼 자각하면서
서툴게라도 설거지할 기회를 준 아내가
한편으로 고마우면서도 어쩔 수 없이
슬그머니 기어드는 서운한 마음

아직껏 아내는 한마디 없다

정말 어디에 갔을까
정녕 어디에 있는 것일까
두 아이를 낳기까지
한 이불을 덮고 살을 섞고 사는 내가

아내를 가장 깊이 안다고 생각했는데
아내가 5분만 안 보여도
부재의 이유도
실존의 공간도
세계와 존재의 깊이도
그 깊이에 대한 진실까지도
도무지 나는 가늠하지 못한다

큰길 건너 저기 내 아이들과 함께 서서 나를 부르는
낯선 여자는 누구인가

그 낯선 여자를 여기 서서 기다리는
나는 또 누구인가

동백꽃

당당하게 모가지를 내줄지언정
쩨쩨하게 꽃잎을 날리지 않는다

사랑 없다 세상을 탓하기보다는
사랑 없는 자신을 다듬이질하다가
붉게 멍든 가슴

겨울바람엔
고개를 빳빳하게 쳐들지만
봄바람이 꼬리를 살랑거리면
대번에 수사자 머리를 떨어뜨린다

자생

사립문 옆 전깃줄에 닿을까 봐
서슬 퍼런 기계톱으로
감나무 모가지를 베었다
겨울이 상처 난 단면을 핥고 지나고
봄빛 붕대가 따사롭게 감쌀 때
감나무에는 놀라운 일이 벌어졌다
밑에서 여러 푸른 저항아들이
쑥쑥 돋아나기 시작한 것이었다

마루에 우두커니 앉아
눈앞에서 펼쳐지는 그 장관을 지켜보자니
쓴웃음이 절로 입가를 맴돌았다
모든 수단을 동원해서
운동권 학생들을 발본색원하라는
지난 시절 독재자들의 독설이 생각나서
무자비한 압제에 시달린
부끄럽고 메마른 내 영혼이 고달파서

하나를 자르면

열 개가 새로 솟아나는
감나무 속에 흐르는 섭리를
눈곱만큼이라도 알았던들
저들이 총칼과 군화와 진압봉으로
무고한 광주 시민을 학살하지는 않았을 텐데
내 상처가 기념식처럼 덧나지는 않을 텐데
해마다 오월이 오면

대나무

열여섯 살 소년이 어느 가을날
꼴을 베다 말고 사지 벌려 누운
동산에서 올려다본 파란 하늘을
아직도 거침없이 사랑하고 살고파
빈 마음에 구릿빛 두 팔로
마디마디 곧게 일어섰다

우리가 눈부신 아침을 꿈꾸는
1894년 차가운 우금티에서
녹두 장군의 죽창이 되어
마지막 무기가 되어
노동자 위에, 농사꾼 위에 군림하는
진실인 듯 교묘하게 포장한 위정자들과
총칼을 앞세운 독재자들의 심장을 향하여
날쌔게 날아갔다

역사의 북새 이는 겨울날
시대를 앞서 높이 날고픈

매처럼 살다 간

사육신의 절개보다 더 고결하게

인간을 압제와 폭력으로

부끄럽게 무릎 꿇게 한 자들을

정의의 횃불과 민주의 이름으로

치욕스럽게 무릎 꿇게 한 오월이

해마다 찾아오면

남녘땅 고운 봄을 가꾸고 망월동에 진

꽃잎들이 가슴 먹먹하게 아름다웠다

오늘도 올곧은 마음으로

그 아름다움을 일구며

역사의 바람 이는 밤이면 밤마다

시퍼런 입술로 노래하는

인권 나무여

통일 나무여

수선화

아직 뱀처럼 냉혈한 뜨락에
봄빛 날개 파닥인다

놀란 수선화는 사냥하는 사자들처럼
군데군데 몸을 웅크리고 앉아
굽어보는 내 동공을 과녁 삼아
늘씬한 화살을 쏘아 올린다

햇빛이 화살촉의 푸른 녹을
위에서 아래로
한 겹 두 겹 벗겨낼 때마다
정수리는 샛노래지고
껍질을 벗어날 때마다 맞닿는
꽃샘바람 세상은 아픔 덩어리지만
화개에 벌써 달려온 녀석은
속적삼 휘날리며 나풀나풀 춤추고
제자리에서 화려한 날을 꿈꾸는 자,

동그랗게 내면을 가득 채우고 있는

봄빛 날개 파닥이는 뜨락에
줄기는 꽃봉오리를 향해 말달리고
꽃은 바람에 흔들리며 핀다

멧새 2

산에는 꽃 피고
눈꽃이 피고
솜사탕으로 누빈 이불을
뒤집어쓴 소나무는
잔뜩 부푼 꿈에
산이 좋아 산에 산다지만
배고파 우는 새는
쪼을 햇볕이 다하여
이 산 저 산 등지고
동쪽으로 날아가네

그가 동쪽으로 날아간 까닭은
눈부신 봄날 아침에 이르러
따뜻한 세상을 물어 오려는 게지

제2부

줄탁

2003-2007

화엄 세계를 읽다

　초가집 그을음 새까만 부엌 설거지통 옆에는 항시 큰 항아리 하나 놓여 있었다 어머니는 설거지 끝낸 물을 죄다 항아리에 쏟아부었다 하룻밤 잠재운 뒤 맑게 우러난 물은 하수구에 흘려보내고 텁텁하게 가라앉은 음식물 찌꺼기는 돼지에게 주었다 가끔은 닭과 쥐와 길고양이가 몰래 훔쳐 먹기도 하였다 하찮은 모음이 거룩한 살림이었다

　어머니는 뜨거운 물도 곧장 항아리에 쏟아부었다 그냥 하수구에 내버리는 일은 없었다 반드시 하룻밤 열을 내린 후 다시 만나자는 듯 곱게 온 곳으로 돌려보냈다 하수구와 도랑에 사는, 육안으로는 볼 수 없는 존재들을 자기 목숨처럼 여긴 배려였으니, 짚시랑물 받아 빨래하던 우리 어머니들의 마음, 경(經)도 전(典)도 들여다본 적 없는

아들은 나의 아버지다

다섯 살 먹은 아들이
제 엄마를 빼고
이 세상에서 가장 좋아하는 것은
곤충과 공룡이다

아들은 화가 나거나 엄마와 누나에게 야단맞는 날이면
풀무치 여치 메뚜기 무당벌레 하늘소 풍뎅이 사마귀 사슴벌레 매미 방아깨비
심지어는 하루살이 똥파리 등에 모기 따위 작고 볼품없는 것들까지
자기가 아는 곤충들 이름을 공중에 대고 세는 것으로 화풀이를 한다

이슬비 오는 날
담양 할머니 집에서
청개구리와 아주 오랜 친구처럼 종일 함께 놀던 날
광주로 돌아와 아파트 주차장에서
지렁이를 발견하고 화단에 놓아준 일로

아비의 눈시울을 뜨겁게 적신

아들은 나의 아버지다

사람의 일

냉이꽃 민들레꽃 제비꽃 씀바귀꽃
피고 지는 강변 마을에서
꼴 베고 부사리 길들여
논밭 가는 일
씨앗 뿌리고 거름 주고 김매고
가을걷이하는 일
뽕나무 심어 가꾸고
오리 치는 일
달걀 모으고
병아리 기르는 일
아궁이에 군불 때고
가마솥에 밥 짓는 일
배부르고 등 따신 안방에 누워
살과 피가 타도록 사랑하고
아이에게 젖먹이는 일
싸리비 만들고
흙집 짓는 일

화로에 군밤 굽고
할아버지 옛이야기 듣는 일
창포물에 머리 감고 손 없는 날
항아리 닦아 장 담고 술 빚는 일
텃밭 남새들로 보리밥 싸 먹고
늘어지게 낮잠 자는 일
한길에서 자치기하고
연 날리는 일
사랑방에 모여 새끼 꼬고
짚신 삼는 일
호롱불 아래서 양말 꿰매는 어머니,
그 곁에서 배 깔고 엎드려 책 읽는 일
허름한 뒷간에서
소나기를 쏟아내는 구름처럼 시원하게
똥과 오줌 누고
하루치 평화에 감사 기도하는 일

다시 논밭 갈고

씨앗 뿌리고 거름 주고 김매고

냉이꽃 민들레꽃 제비꽃 씀바귀꽃

피고 지는 강변 마을에서

평온하게 살아가는 일

찐 고구마

어머니는 살얼음 낀 동치미를 떠 오려고 장독대에 가고 아버지와 우리 여섯 남매는 함박 주위에 빙 둘러앉았다

찐 고구마 같은 그림자들이 찐 고구마 하나씩 들고 오순도순 이야기꽃 피우는, 낮은 천장을 들여다보는 달빛, 된바람에 무겁게 휘는 오동나무 가지, 토방 위 누렁이가 유난히 컹컹 짖어대는 소리, 아버지가 봉창 열고 밖을 내다보더니 어머니를 다급히 불렀다

어머니는, 마른 해산물을 잔뜩 이고 마당에 파리하게 서 있는 아주머니들을 얼른 안방으로 모시고 가마솥 아궁이에 섶 지펴 늦은 저녁밥을 지어드렸다

우리는 해산물을 팔려고 완도에서 왔다는 두 아주머니에게 작은 방을 내주고 여덟 식구가 한 방에서 너럭바위에 달라붙은 따개비들처럼 다닥다닥 엉켜서 새하얀 세상을 꿈꾸었다

여럿이 꾼 꿈이 이루어져, 그날 새벽닭이 울 때부터 함박눈이 펄펄 내리기 시작했고……

사흘 동안 우리 식구는 열 명이었다

티푸나

수북면에서 담양읍을 거쳐
순창에 이르는 24번 국도에는
메타세쿼이아 가로수 터널이 있다
겨울이 되어서야 침엽수가 아니라는 걸 알 수 있는
이 늘씬한 활엽수들은
이국정취를 물씬 풍기며
지나는 사람들에게 큰 행복을 거저 준다
그런데 30년이 넘도록 키워온 행복을 삽시간에 앗아가는
울화통이 터져 절로 욕 나오는 사태가 벌어지고 있다

　도로 신설과 벌목을 반대하는 사람들과
　서명도 하고 사이버 항의도 하고 펼침막을 앞세우고 시위
도 하지만
　눈 하나 깜짝하지 않고 밤낮 기계톱 소리 사납더니
　황톳빛 피 흐르는 길만이 벌렁 벌거벗고 쓰러져 있고
　에뤼시크톤*의 이빨 한 짝만 흉하게 나뒹구는 길에서
　자동차 안의 찌푸린 얼굴들이 속도를 낸다

　돌이켜보면 오늘 우리가 우리 된 것은

알게 모르게 우리를 길러주고 지켜준

나무 풀 애벌레 새 벼 흙 물고기 지렁이 메뚜기 나비

균……

이 조상 같은 생명체들 아닌가!

아름드리나무를 인정사정없이 베고 큰길을 내는 짓은

생명을 멸시하는 천박한 문명인의 야만으로

조상을, 마침내 나를 죽이는 일 아닌가!

옛날 아버지는 감나무에 까치밥으로

감 서너 개씩 남겨두는 일을 소홀히 하지 않으셨고

할머니는 대를 이어 지붕 위 새들에게 모이를 던져주는

일을 잊지 않으셨고

한 노승은 꼭두새벽 지팡이로 길섶을 헤치며 가셨지

이 길을 따라 티푸나**의 깊이를 찾아서

* 에뤼시크톤 : 그리스 신화 인물. 여신에게 봉헌된 참나무를 함부로
  베었다가 끝없는 굶주림에 시달리는 벌을 받아 제 몸을 뜯어먹고
  죽었음.
** 티푸나 : 마오리족 말로 생명체라는 뜻.

용서한다는 것

커피 캔이
바다 수만 리 깊이 내려가면
어떻게 될까
짓이겨지거나 터질 것이다
커피 캔이
바다 수만 리 깊이 내려가도
짓이겨지거나 터지지 않고
바닥에 이르게 하려면
어떻게 해야 할까
못으로 미리 구멍을 내야 한다
커피 캔 안을 비우고
바닷물이 커피 캔 안으로
들어가게 해야 한다
짠물에 상처가 시리지만
네가 내 안으로 들어오게
먼저 나를 구멍 내야 한다
네가 내 안으로
내가 네 안으로

통하기만 하면
우리는 수억만 리 깊은 바다에서도
바닥에, 사랑에 이를 수 있을 터
용서를 빌고 용서한다는 것은
나로 가득 찬
나를 구멍 내 삶의 수압에서
나를 해방하는 것
담장 높은 시기와 증오의 감옥에서
너를 석방하는 것
이제는 커피 캔의 구멍이 환하게
소통하는 삶을 확장하는 것
비둘기가 하트를 물고 와
깊은 마음의 우듬지에
평화와 사랑의 둥지를 틀 때까지

문

안과 밖 사이
그는 서 있다

안으로 팔이 굽지 않고
밖으로 발을 빼지 않고
빛과 그늘의 고갯마루처럼
그는 서 있다

바람 잘 날 없는
가파른 중심에 그를
뒤틀림 없이 오래오래
서 있게 하는 힘은
그의 안팎 무늬 고운
잣대 두 개

타인에게 열린 관대함
자신에게 곧은 엄격함

이 정신과 자세로
장벽과도 소통의 통로로
반듯하게 서 있다

줄탁

하늘의 갈색 섬 매 한 마리가
내리꽂히기 직전, 강변 갈대숲에
오금이 저리는 뱁새들처럼
겨우내 땅속에 노랗게 웅크린
생명들,
톡,
톡,
지구알 속에서 신호를 보낸다

음파 탐지기같이 하늘 어미가
그 신호의 출처를 찾아서
봄빛 부리로,
탁,
탁,
쪼아 환하게 통로를 내주자
이윽고 삐약삐약
천지에 가득한 새싹들의 가락(歌樂)

갈망은 소통을 부르고
소통은 봄날을 부화한다

제3부

거룩한 바보

2008-2010

연

수렁 속에서도 혼신으로

별을 바라보는 자, 밤 건너

꽃을 피운다

긍휼

우리 마을에 구제역이 돌았다

군청 직원들이 절뚝거리는 소들을 동구 밖에서 트럭에 싣
고 있었다 몰강스럽게 산 채로 매몰 처분하여 다른 지역으
로 전염하는 일을 미리 막기 위해서였다

병들었지만 본능으로 차에 오르지 않으려고 안간힘으로
버티는 소
고삐를 마구 잡아당기고 엉덩이를 드세게 떠밀어대는 군
청 직원들에게 용택이 아재가 안쓰럽게 간청했다

"제발 하루만 말미를 달랑께요."

군청 직원들이 왜 그러냐고 따져 묻자
소의 눈물 속에 얼비친 글썽이는 목소리가 대답했다

"우리 소는 잘 멕이지도 못하고 맨날 부려먹기만 해서 부
지깽이맹키로 삐쩍 말랐지라우. 단 하루라도 핀히 배불리
멕이고 싶어서 그란당께요. 엊그제 난 저 송아치는, 또, 무

신 죄가 있다고……."

　이드거니 눈시울 붉어진 군청 직원들이 짐짓 직무를 유기
했다

신선

내가 아는 한
두메산골에서
닿기만 해도 더럽힐 것 같은
이슬만 먹고 사는 존재는
오직 둘뿐

반딧불이와
초등학교 처녀 선생님

별 조각처럼 섬광을 깜박이고
복사꽃 향기 풍기는 그 선생님이
남루한 우리 오두막집을 방문했을 때
나는 처음으로 가출했다

지금은 어디에 계실까
아직도 이슬만 드실까
구름 타고 하늘로 올라가 별이 되셨을까
베갯머리에 샛별로 떠서 초롱초롱 빛나며

그때 선생님의 나이보다 두 배가 많은

골 깊은 이마, 귀밑머리 허연 소년을

아직도 두근두근 잠 못 이루게 하는

현주소와 정체가 끝내 밝혀져서는 안 되는

여전히 신비로워야 하는

내 마음의 무릉도원!

오냐 오냐

잘 주무셨어요?
오냐 오냐

아침 진지 드셨어요?
오냐 오냐

아픈 데는 없으신지요?
오냐 오냐

들일 자그마치 하세요?
오냐 오냐

또 전화할게요
오냐 오냐

내게 가장 컸고 진실했고 짧았던
위안의 말씀

이제는 다시 들을 수 없는

영영 먼

어머니의
오냐 오냐

지문

나근나근한 나인 바람이 소금쟁이 발로
치맛자락 살포시 끌고 건너간 호수

쪽빛 물오른 제비 한 마리가
툭, 건들고 날아오른다

기억 저편 어머니의 양수 속에서 헤엄치던
화석 시절부터 세상을 향해 몸집을 불려온 파문
신도 지울 수 없고 프랑켄슈타인도 창조할 수 없는
동서고금 하나뿐인 존재의 무늬

먼 훗날 뉘 있어 찾는다면
잔잔한 내 무덤에 피어난 고사리 열 개
아버지의 가파른 등고선임을 알라
무덤 주인이 백 년을 더위잡고도 오를 수 없었던

인(仁)

부나비가 가엾어 등불을 켜지 않고
쥐를 위해 언제나 음식을 남겨둔다

나뭇가지 위에 잠든 멧새에게 총을 겨누지 않고
얼음 밑의 물고기에게 낚싯대를 드리우지 않는다

생뚱맞게 이 옛말이 떠올라 발걸음을 멈추고
겨울 강가 부러진 갈대 울음소리에 귀 기울이다가
무릎을 친다

아아, 그거다
46만 결식아동들에게 그저 밥 먹이는 일!

숲

가지가지 나무들이 한데 어울려
우거진 동네에

큰 나무는 작은 나무를 업신여기지 않고
작은 나무는 큰 나무를 부러워하지 않으며
제자리에 서서 생긴 대로 사는
나무는

혼자 그리고 다 같이
바람에 흔들리고
비에 젖고
폭설의 무게를 견디는
나무는

이미 가진 가지를 삭정이로 뚝뚝 꺾어버리고
이파리를 우수수 떨어뜨려
자기 해체와 재생을 거듭하는
나무는

꽃 피우고
싹 틔우고
무성히 자라서
열매 맺고
빈손으로 잠들고
동그랗게 순환하는 기쁨을
충만히 누리는

숲 동네에는
어둠이 없다

그 까닭은 밤낮없이
가난한 사람들을 돕는 게 아니라
가난한 사람들과 함께 사는
새들이 노래의 등불을 경쾌하게
밝히기 때문이다

코스모스

벌 나비가 날아올 때는
방긋방긋 해맑게 웃고
자동차가 지나갈 때는
자지러지게 우는 이들

달리는 자동차 안에서
꽃구경하는 사람들 바로 뒤
도로 가장자리에서
허리 꺾으며 까무러치는 이들

지금 여기서
검은 질주의 영정사진을 내걸고 분향하면
우리가 벌 나비가 아니더라도
이들은 해마다 향기로운 웃음을 줄 텐데……
골똘히 생각에 빠져 걷는 나에게 묻는다

"우리가 사라지면 너희가 존재할까?"

인간이 안고 있는 문제를 다 해결해주리라

과학과 기술을 맹신하며
오직 인간만을 위한
개발과 성장, 편리와 풍요를 좇아
생태계 파괴와 죽임을 가속하고
후손의 미래를 당겨 착취하는
만행을 서둘러 포기하면 살지니

공존 공생의 길
그 가난하고 불편한 길 한가운데로
스스로 걷는 거룩한 바보가
인류가 바라보고 가야 할 오래된 미래의
벌이고 꽃인 것을

* 코스모스는 꽃이고 우주다.

제4부

환대
2011-2012

우중

삼층집 옥상에서 화단을 내려다본다

크나 작으나 기울지 않는 나무가 없다

사느라 굽고 비틀거리는 것들, 말도 못 하고

비에 젖고 바람 맞으며 함께 서 있다

눈물바다

느닷없이 베를린 장벽과 아우토반이
눈앞에 펼쳐진다
33킬로미터

세계에서 가장 길다고, 수치인 줄도 모르고
부끄러움을 만방에 자랑하는
이 밋밋하고 무기력한 직선도로 따라
동편 바닷물 내다보고 서편 바닷물 바라보며
군산에서 부안으로 터벅터벅 걸어가는데
갑문에서 웬 울음소리가 흘러나온다

방문객들은 물살이 세니 추락을 조심하라는 경고 방송이
고인 물과 섞여 너울너울 먼바다까지 퍼져가고
괭이갈매기들이 불안하고 초조하게 앉아 있는
수문이 꺼억꺼억 열리는 순간

오래전에 갈라진 허연 바닷물들이 와락 껴안고
세계에서 가장 긴 이별의 땅, 금강산 면회소에서

새만금 방조제의 길이로 통곡하는

남녘 늙은 아들과 북녘 더 늙은 어머니

순산

검은 숲 한 치 앞
문이 안 보인다

터무니없이 구부러진 산도에
밤송이 하나 툭, 떨어진다

험난한 땅에 거꾸로 아득히 떨어질 때
밤톨이 아프지 않게
쇠솔처럼 강해진 밤송이에는
충격을 나눠 감당하는
가시 범퍼가 무성하다

똘똘한 쌍둥이를 무사히 낳고
가쁜 숨을 고르는 밤송이

꼭 쥔 손을 쫙 편다

활짝 피어난

어머니의 자궁꽃

지는 엄마와 돋는 아이 사이 탯줄을 자르듯
나는 밤송이에서 토실한 밤알들을 꺼내
한 알은 낙엽으로 누빈 흙에 묻고
또 한 알은 흥부네 다람쥐에게 던져준다

겨울을 견딘 존재들
싹트지 않는 봄이 있으랴

파장 무렵

언덕진 죽녹원 꼭대기에
거대한 사과가 뉘엿뉘엿 농익는 해거름
낙엽들 나뒹구는 담양 장터 국밥집에서
할머니 둘이 순대국밥을 드신다
딱딱하고 긴 의자에 앉아
네 모서리 닳은 콘크리트 식탁에
차린 반찬이라곤 붉은 주사위 같은
깍두기와 꼴뚜기젓뿐

감사하게도 잘 먹고 후한 대접 받았소
하고, 주인에게 인사하고
서로 밥값을 내겠다고 다투신다
어렵사리 큰할머니에게 항복한 작은할머니가
치맛자락을 들어 올리자, 살짝 엿보인 고쟁이에
손수 성글게 바느질해 단 어색한 주머니에서
살 내음 땀 냄새 진하게 밴 천 원짜리들을 꺼내신다
꼬깃꼬깃 뒤엉켜 늦잠 자는 그 지폐들을 깨워서
반듯하게 일으키고 가지런히 모아서

추성국밥집 아주머니에게 건네주는 작은할머니의 마음
이
쫄깃쫄깃한 곱창 같은 골목길이다
계산대마다 개통한 단말기 고속도로를
메마른 신용카드들이 쏜살같이 질주하는 하이패스 시대

한 젊은 사내가
찌익찌익 생쥐 소리를 내지르며
숫자를 내민 종이 혓바닥, 영수증에 서명한다

데푸콘 쓰리

울타리 구실 하는 대나무들이
북쪽으로 마구 쓰러지고
매지구름이 순식간에 하늘을 뒤덮는다
마루에서 목침을 베고 낮잠을 주무시던 아버지가
쓰나미를 예감하고 진즉 산으로 피신한
야생동물의 본능으로
우둑 우둑 우두둑 소낙비 내리는 소리를 듣고
한밤중에 무장하고 연병장에 집합하라는 소대장처럼
몽유병 앓듯 자리에서 벌떡 일어나 벼락 치신다

"비 온다. 비가 와. 후딱 나락 담자. 장독 닫아라. 빨래 걷
어라."

초소만 한 안방에서 마당으로
마파람보다 더 날래게 후다닥 후다닥 뛰쳐나온
형수는 장독 닫으러 뒤뜰로 달려가고
누나는 마당에서 바지랑대 잡아당기고
어머니는 헛간에서 소쿠리를,

형은 창고에서 가마니를,
나는 마루 밑에서 당그래를 가져와
비닐을 들고 선두에 선 아버지의 숨 가쁜 지휘 아래
한바탕 전쟁을 치른다

벌써 짚시랑물이 은구슬로 꾀여 주룩주룩 굴러떨어지고
지붕에서는 느자구없는 수탉이 꼬끼오, 하고
기린 목으로 휴전 나팔을 청승맞게 분다
분통 터지고 맥 풀리게 금세 맑게 갠
변덕스러운 늦가을 한가운데서
우리는 서로 내려다보고 웃는다
자꾸 패전해도 원망하지 않고 진땀 나게 살아온
투박하고 착한, 빗물에 젖은 맨발들을

궂은날

장대비가 연신 싸대기를 후려치고
태풍이 갈비뼈 부러지게 걷어찬다

그래도
괜찮다
괜찮다
스스로 다독이며

아프게
아프게

용틀임하는 소나무가 사뭇 크다
맞서지도, 탓하지도 않고
도리어 바람을 빌어 마르고 병약한
이파리와 삭정이를 떨어뜨리고

예전보다 더 잘 서 있다

단 하나

넘어진 곳에서 문득 생각나는
아름다운 추억 한 토막이
아흔아홉 번 나를 일으켜 길을 걷게 한다

막막한 밤에 머리 위에서 반짝이는
별빛 같은 희망 한 줄기가
아흔아홉 번 나를 일으켜 길을 걷게 한다

아플 때 살갑게 안고 눈물을 닦아주는
따뜻한 사람 한 가슴이
아흔아홉 번 나를 일으켜 길을 걷게 한다

행복한 조건이 백 가지라도
그 단 하나의 추억과 희망과 사람이 없어
나는 아흔아홉 번 궁핍하고

불행한 여건이 아흔아홉 가지라도
그 단 하나의 추억과 희망과 사람이 있어
나는 수백 번 부요하다

환대

우리 부모는 전라도 담양에 터 잡고 평생 일곱 마지기 논
농사를 짓다가 나뭇가지도 흔들지 않고 훌쩍 날아간 농부새
였다
　그곳 삼간초가 둥지엔 항상 떠나지 않은 세 가지가 있었다

　어머니는 유리로 두른 호롱불 등잔을 처마에 내걸고 막
지은 밥 한 그릇을 안방 아랫목에 묻어두는 의식으로 매일
밤을 맞이하였고
　하늘빛 보자기로 싼 광목 이불이 터줏대감 노릇 하며 늘
대나무 시렁 위에서 묵언 수행하고 있었다

　문턱을 넘을 수 있게
　등잔을
　허기를 달랠 수 있게
　밥그릇을
　추위를 녹일 수 있게
　이불을

　미리 마련해두어라, 어머니는 나에게 지시한 적이 없었다

우리 집을 찾아오는 사람은 누구든지 당신처럼 성심으로
모시라고 가르친 적도 없었다

　우러나 그렇게 살았을 뿐, 그 삶을 고스란히 보여주었을
뿐, 아무 바람의 그물도 나에게 치지 않았다

제5부

땅에 계신 하나님(2인 시집)

2013-2015

숟가락

끼니때마다
혓바닥으로 닦는 거울
내 얼굴을 비추네

거꾸로 비친 그 얼굴이
나에게 묻네

주변에 굶주린 사람은 없느냐?
오늘 하루 밥값은 했느냐?

끼니때마다
그늘진 이웃들 돌아보고
나를 들여다보게 하는

한 상에 둘러앉은 사람들, 모두 비추는
이 오목한 명경이
엄혹한 교리 문답이네

향나무

자기 발등을 찍는 도끼날에

도리어 향을 바르는 나무

예수

달동네

낮엔 해가
밤엔 달이
가장 먼저 문안하는 곳

남편과 사별한 부인이
낮에는 식당 배달부로
밤에는 병원 간병인으로
부리나케 뛰어다니며 번 80만 원으로
단칸방에서 두 장애아와
아슬아슬하게 한 달을 살아내는 곳

가장 높은 그곳에
가장 낮은 사람들, 이 선량한 양들이
겉은 경건하나 속은 불경한
서울의 성탄절 밤에
우리 문을 두드리는 천사의 소리를
가장 먼저 듣는 까닭은
하늘 목자와 가장 가까이
살고 있기 때문이다

기독교인에게

천장이 아득한 텅 빈 예배당에
예수를 외롭게 가두고
주일에 한 번씩 면회하는
신자보다는

때 묻은 작업복 입고
땀내 나는 사람들 속으로
기꺼이 기어들어 가
날마다 예수 따라 길 걷는
제자가 되어라

사울에서 거듭난 바울이 되어
예수를 따르다가
십자가에 거꾸로 매달려 죽으면
영생 복락 누리고 면류관 쓰리라

십자가 없는

면류관 없고

여기에 천국이 없으면
저기도 천당은 없나니

성경 구절에 붉게 그은 밑금
생활에도 또렷이 그어라

은밀하게 잔인하게

예수는 말한다
진리가 자유롭게 하리라

히틀러는 말한다
노동이 자유롭게 하리라

재벌은 말한다
자본이 자유롭게 하리라

학교는 말한다
성적이 자유롭게 하리라

투기꾼은 말한다
공공택지가 자유롭게 하리라

정치인은 말한다
적반하장 후안무치 내로남불이 자유롭게 하리라

위조와 조작과 고문의

달인,

검사는 말한다
아무도 피고와 간첩에서 자유롭지 못하리라

뼈아픈 부활절

보도블록 틈에서 돋아나는 민들레 새싹만 보아도
길거리에서 미풍에 날리는 교복만 가볍게 스쳐도
분식점에서 깔깔깔, 아이들이 웃는 소리만 들어도
공원에서 서슴없는 청춘들, 입맞춤만 눈에 띄어도
눈물이 납니다
속절없이 눈물이 흐릅니다

당신 혼자 살아나셔서 무엇하게요
아이들과 함께 살아나셔야지요
그리하여 제주도 수학여행 무사히 마치고 다시
안산 집으로, 단원고로 온전히 데리고 가셔야지요

그 아이들도 떡볶이 먹으며 깔깔깔 웃고
뜨겁게 포옹하며 쪽쪽쪽 키스하고
대학에도 가고 술잔도 기울이고 철학도 이야기하고
결혼하고 자식 낳고 손자 안고
지구를 이어가고 지구와 함께 돌며
해야 할 일도, 해보고 싶은 일도 무진장 많잖아요

그런데 아무것도 할 수 없다니요
봄볕 같은 엄마 아빠 품으로 영영 돌아갈 수 없다니요
이게 말이나 되는 소리입니까
딱한 당신, 예수여

한겨울보다 더 춥고 혹독한 이 봄
피고픈 꽃봉오리들을 수장한 국가는 왜 있는 것입니까
이것이 국가입니까
종이배만도 못한 대한민국호가 침몰한 차가운 진도 팽목항
쥐구멍이라도 찾아 들어가고 싶고
나는 선생이 아니다, 부인하고 저주하며
실성한 사람처럼 소주병 나발 불고픈,
아무리 둘러봐도 두꺼운 낯짝 둘 데 없는 교사인 나는

아, 2014년 부활절을 신음합니다

제6부

국수는 내가 살게

2014–2016

겨울

겨울은 참 따뜻한 계절이다
그대의 체온을 그립게 하니까

겨울은 참 인간다운 계절이다
그대의 추위를 나누게 하니까

살을 에는 평화의 소녀상에게 목도리를 씌워주고
다정히 손잡고 곁에 앉아 오랫동안 머물게 하는

겨울은 참 깊은 철학을 닦는 계절이다
묵은 정신의 때를 서슬 푸르게 벗기게 하니까

까치밥

사철 하늘을 우러러보며 사는
여느 마음씨 곱게 여문 농군이
삼밭 감나무 꼭대기에 대봉을 남겼다

겨울을 나는 새
둘이 마주 앉아서 배불리 먹을 수 있게
수줍은 새색시 볼 같은 고봉밥을 차렸다

허기진 길손이라도 불쑥 찾아올까 봐
저녁마다 온돌방 아랫목 솜이불 밑에
따뜻한 밥 한 그릇 묻어두시던 어머니

하늘 가장 가까운 그 마음 가지에
노을을 고명으로 맛과 멋을 낸 만찬이
처마 끝에 환한 남포등같이 환대하는데

자기 이유를 가진 새는 벌써

새봄의 싹이 되고 나무가 되고 숲이 되는*
씨앗의 꿈을 잉태하고 남쪽으로 날아간다

* 신영복의 『담론』에서 인용함.

미륵반가사유좌상

장기 결석생
가출한 아이가 있다는
복음을 좇아
그의 어머니와 내가
부랴부랴 찾아갔다

학교에서 떨어진 변두리 자취방에는
방금 향을 피워놓은 듯
공중에서 탈춤을 추는 담배 연기가 자욱했고

침대에 정좌한 곱슬머리 아이 앞에
학부모는 납작 엎드려
득도한 바보 스님처럼
큰절을 올리고
기도하는 목소리로 간청했다

번뇌 많은 미래불님
어미가 무조건 잘못했으니

이제 집으로 돌아갑시다
속이 까맣게 타버린 이 죄 많은 중생을
부디 불쌍히 여겨 구제해주소서

그 찰나, 동작 그만, 담배 연기도 공중에 얼어붙고
앳된 미륵불의 입만 쳐다보았다
어머니와 담임선생과 아이들 다 같이

나의 영웅

긴급조치 9호가 서슬 퍼렇던
1977년 늦봄
그때 나는 키가 작은 고등학생이었고
군사훈련이 죽을 만큼 싫었다
어느 지옥 교련 시간
운동장에서 사열을 준비하고
16개 동작을 익히다가 그만
전봇대처럼 무거운 M1 목총을
덜컹, 땅바닥에 떨어뜨리고 말았다
육군 대위로 예편한,
바늘로 찔러도 피 한 방울 안 나올 것같이
깡마른, 별명이 살모사인 교련 선생이
총은 평상시 애인이고 전쟁 때 생명이다
애인과 생명을 버린 놈은 맞아도 싸다면서
군홧발로 다리를 걸어차고
지휘봉으로 어깨를 후려치며
숨도 못 쉬게 싸대기를 올려붙였다
나는 계속 밀리다가 벌렁 뒤로 자빠졌지만

어미를 죽이고 난다는 잔인한

살모사가 내뿜는 맹독은 멈추지 않았다

먹이를 삼키듯 습관처럼 구타를 즐겼다

이 거대하고 난폭한 권력 앞에 속수무책!

시퍼렇게 기겁한 아이들은 툭 불거진 맹꽁이 눈으로

난타하는 소낙비를 흠뻑 맞고 짱돌까지 맞는

우물 안 급우를 그저 쳐다만 보는데

대열 가운데서 누군가가 울먹이며 소리쳤다

"그만 때려요!"

나의 영원한 영웅, 구세주, 역시

나처럼 키가 작은 HS였다

"어떤 새끼야. 당장 앞으로 튀어나와!"

살을 벌벌 떠는 살모사는

한 사람만 손보는 일이 성에 차지 않았던지

싸우는 시어머니보다 더 미운

말리는 시누이, HS를 인정사정없이 때려댔다

땡땡 땡땡 땡땡 50분 동안

교관의 폭행 시범 공개수업이 끝나고

교무실로 꼬리를 감춘 살모사도

그날 저녁 밥상머리에서 가족에게 안녕을 묻는,

아들에게는 다정다감하고 자애로운 아버지고

부인에게는 착하고 부드럽고 연약한

남편이었을 것이다

내 십자가를 나눠진 시몬 HS는

며칠 뒤 학교를 자퇴하고 검정고시를 준비하러

사설 학원에 등록했다 다음 해 3월

우리는 같은 대학 인문대에서 다시 만나

교문 밖 죄 없는 친구들, 전투경찰에게

아니, 꼭두각시 살모사를 생산한 신군부와

제5 겨울공화국의 우두머리인 전두환에게

짱돌을 던졌다, 4년 내내

국수는 내가 살게

말로만 듣던
고3 생활이 매우 매운 모양이다

9월 수능 모의고사가 끝나고
목구멍에 걸린 가시처럼
진로 고민을 삼키지 못해 속 앓는 아이와
속 풀기 위해 영산강 상류 뚝방에 올라
담양 진우네 국숫집에서
얼얼한 비빔국수를 시켜 먹는다

펄펄 끓는 가마솥에서 갓 꺼낸
삶은 달걀 세 개도 추가한다

아름드리 느티나무 푸조나무 그늘이 식히는
뜨거운 고민을 한 알씩 나눠 먹고
담임선생 노릇 하는 내가 대신 소화해줄 수 없는
그의 몫인 듯 남은 한 개를 슬그머니
발 앞에 밀어 굴리니

그가 겸연쩍게 집어 들면서 말한다

제가 나중에 출세해 돈 벌면
선생님 모시고 국수 사드리고
관방천도 함께 산책할게요
그때까지 꼭 우리 학교에 계셔야 해요

졸업하고 17년이 지났지만
그는 아직 학교에 오지 않았다

요즘도 가끔 학교생활이 버거운 아이들과
맛도 간판도 변함없는 그 국숫집에서
국수를 후루룩거릴 때면
나는 속으로 이들의 대선배에게 묻곤 한다

같이 국수 사 먹고 관방천 걷는 데도
출세까지 해야 하니?
나에겐 출세 못 하고 돈 못 벌어도 너이고

출세하고 떼돈 벌어도 여전히 너인데

구두 약속은 공소시효가 없으니까
혹 24번 국도를 지날 일 있거든
네 모교 한번 들르렴
국수는 내가 살게

밥의 현상학

어린 자식이 방바닥에 떨어뜨린 밥풀을 주워 먹고
그릇에 지저분히 먹다 남긴 코 묻은 밥알을 쓸어 먹는
어미를 빤히 바라보면서
나는 생각한다

내가 먹는 밥은 어디서 오는가
밥은 누가 짓는가
나는 밥을 어떻게 얻는가
얻은 밥을 누구와 함께 나눠 먹는가

왜 많은 사람들이 굶주리는가
모든 사람이 먹을 수 있는 밥을 어떻게 얻을 것인가
아사하는 어린애들에게 밥알 하나라도 더 먹이려면
무엇을 하고 어떻게 살아야 하는가

하늘에 제사 지내는 마음과 진땀 나는 노동으로
식탁 위의 우주를 생산하는 농부는 안다

고르게 가난해지면 모두 배부르다는 것을

밥은 밥 이상의 것이기에
우리가 먹는 밥은 하느님의 밥이기에

나에게 묻다

일간신문 1면에 실린
메마르고 검은 가시 같은
흑인 아이의 사진을 보고
그 아래 기사를 읽다 망연하여
나는 나에게 묻는다

사람 때문에 넘어진 사람
사람 덕분에 일어서는
사람 세상에서

아사하는 아시아 아이
아픈 아프리카 아이에게
죽음보다 더 무섭고
지구보다 더 무거운 것은
쌀 한 톨

더 많이 긁어모으면 모을수록
더욱더 모자라는 갈퀴인가

더 많이 나누어주면 줄수록
더욱더 넘쳐나는 샘물인가

이웃의 가슴에 대못을 박고 그곳에서
흐르는 피를 멀리서 구경하는 망치인가
이웃의 가슴에서 대못을 빼고 그곳에 난
깊은 상처를 온몸으로 감싸는 붕대인가

어떤 사람인가
나는

영산강

아버지가 보고 싶을 땐
맏형 얼굴을 보곤 했는데
맏형도 없는 지금
혼자 강에 간다

아버지는 나를 업고
맏형은 내 쫄쫄이바지 붙잡고
후들후들 다리를 떨며 건너던
얼어붙은 강

굽이굽이 살다가
폭포 벼랑 끝까지 떠밀린 마름에게
미끄럽고 가파르고 깜깜한 세상 같았던
그 강이
오늘은 투명하게 풀려
바다로 간다
둥실둥실 두둥실

흰 마름꽃과 함께

어깨춤 추며 본향으로 돌아가는
물의 발걸음 소리가
아이들 소풍 가듯 가벼운
강가

물에 비친 내 이마에
어느새
백로가
굴곡 깊게 날개를 퍼덕인다

제7부

마음에 새긴 비문

2017-2019

구조

뿔도 없는 매미가
아파트 베란다 유리창을
머리로 자꾸 들이받는다

나는 창문을 열고
거실로 얼른 달려가
형광등을 끈다

원전* 하나가 날개를 접고
낮달 같은 지구에
혈색이 돌아오는 밤

* 원자력 발전소

대바구니 행상

검정 고무신 신고서 폭설에 덮인
동구 밖 한길을 하염없이 바라보았다

서산에 해 지고 소리 없이 기어 오는
검은 장막이 하마처럼 입을 벌리고
눈앞에서 모든 물상을 집어삼킬 때까지

꼭두새벽 장성역에서 조치원역으로
비둘기호 타고 떠난 어머니는
열흘째 돌아올 줄 몰랐다

대숲이 품에 안은 아담한 초가 처마에서
맑은 눈물을 뚝뚝 떨어뜨리던
고드름은 어젯밤보다 더 목이 길어졌고

차갑고 어린 내 가슴은
슬픔이 물구나무서서 자라는 고드름이었다

토담 쌓기

어쩌면 낯선 당신과 내가 만나
맨땅에 이 담을 쌓는가

기초를 튼튼히 다지고
그 위에 당신이 흙을 얹고
그 위에 내가 돌을 얹고
또, 그 위에 당신이 흙을 얹고
다시, 그 위에 내가 돌을 얹으며

수평을 이뤄 바르게 삶을 쌓다가
붙잡을 지푸라기 하나 없이
벽 앞에서 막막히 하늘만 쳐다보고 서 있을 때
나는 당신에게, 당신은 나에게
든든한 바지랑대가 되고
새어 나오는 빛 한 줄기 없이
망연히 땅바닥에 주저앉아 있을 때
당신은 나에게, 나는 당신에게

밝은 사다리가 되고

유연함과 강인함이 긍휼히 보듬어
층층이 곱절이 된 접착력으로
비바람과 눈보라에도 허물어지지 않고
오히려 세월이 흐를수록 더 단단해지는
흙과 돌, 가시버시 담에

빛과 그늘이
성공과 실패, 기쁨과 슬픔, 희망과 절망이
해와 별같이 갈마드는 인생에서
당신이 당신을 먼저 흘러내리지 않으면
내가 나를 먼저 떨어뜨리지 않으면

산불이 휩쓸고 간 잿더미에서도
아기의 앞니처럼 질경이가 돋아나고
물 한 방울 없던 골짜기에서도

봄눈 녹고 쉬리가 헤엄치듯

넘어질 때마다
우리는 넘어진 그곳을 짚고 다시 일어나
서로 상처를 가엾이 어루만져주리라

그래서 함께 밟아온 날들의 반죽을 돌아보아
너무 질면 차가운 이성을 더 들이붓고
너무 되면 뜨거운 감정을 더 쏟으면서
아담한 사랑담을 찰지게 쌓아 가리라

아무도 일하지 않는 겨울밤이 오고
길이 끝나는 데까지

실화

큰일 났다

점심때 아내가 집에 없어

혼자 컵라면을 끓여 먹으려고

커피포트에 물을 붓고

아무 생각 없이 가스 불에 올렸다

베란다에 컵라면을 가지러 간 사이

커피포트 플라스틱이 홀라당 타버렸다

잽싸게 가스 밸브를 잠그고

질식할 듯 매캐한 냄새와 검은 연기를

부채로 몰아 부엌 밖으로 쫓아냈다

가슴이 벌렁거려서 쫄딱 굶고

실수로 불을 냈지만

아내에게 혼날 일만 남았다

으째야쓰까 으째야쓰까

증거를 죄다 없애기 위해

얼른 버리고 새것으로 사다 놓을까

아니면, 말끔히 설거지하고 청소하고

대문에서 두 손 들고 기다리다가

생뚱맞게 사랑한다고 말할까
아니면, 손을 꼭 붙잡고
내가 평소에 안 하던 짓을 하더라도
나를 버리지 않을 거지, 하고
불쌍히 여기는 마음을 자아내
자초지종을 말할까
아니면, 짓궂은 유언장을 남기고
며칠 집을 나갈까
외려 뻔뻔하게 큰소리치며 대들까
집을 고스란히 태우지 않은 일만도
얼마나 대견하고 고맙지 않느냐고
으째야쓰까 으째야쓰까
큰일 났다

시골 학교
― 졸업

세 번 매화 피고
세 번 매실 따면

세 번 감자 묻고
세 번 감자 캐면

세 번 모를 내고
세 번 벼를 베면

빈 당산나무는 조용히 바라본다
흰 교문을 벗어나는 햇곡식들을

멀리서 오는
새 발걸음을

찍기

수진이 수학 시험 답안지는
낮술에 만취하였다
반 번호 이름을 겨우 쓰고
2분 거리도 안 되는
하얀 내리막길을
점 점 점……
수성사인펜을 짚고
비틀거리며 걷다가
도중에 그만
토끼처럼 잠이 들었다

따뜻한 그늘

찬 바람 부는 늦가을 저녁
검고 두툼한 롱패딩을 벗어
청계천 노숙인을 덮어주고
서울시청에서 제기동 쪽으로
물 따라 총총 사라지는 푸름이

낙화

나는 날마다 젊은 날과 헤어진다

그림자 지나가는 길에

코스모스 꽃잎이 떨어지듯이

서러움도 아름답게

하나씩 빠져 날아간 날들이 빛으로나 쌓여

어느 하늘 한 편에 새 별을 짓는 걸까

그리하여 떠난 자가 남은 자에게

외로운 밤마다

함께 가꾸었던 추억을 끄집어내 반짝반짝

하늘에서 땅으로 흩뿌리려는 걸까

먼 훗날에

마음에 새긴 비문

　고등학교 1학년 때였다. 나는 담양에서 광주로 유학을 가서 양림동에서 자취를 했다. 단풍이 비단개구리 떼 울음으로 병풍산을 내려오던 어느 토요일 오후. 집에서 하룻밤 자고 이튿날 동틀 무렵부터 해 질 녘까지 식구끼리 조선낫으로 벼를 벴다.

　길고 고단한 일요일 저녁 다시 자취방으로 돌아가야 했던 무거운 발걸음. 우리 마을에서 한참을 걸어가야 신작로가 나왔다. 가난한 삶처럼 울퉁불퉁하고 먼지 풀풀 날리는 그 신작로 가에 허름한 원두막 같은 버스 승강장이 있었다. 나는 일주일 치 양식인, 자루에 든 쌀 두 되를 어깨에 메고 막차를 타러 논길을 진땀 나게 걷고 있었다.

　그때였다. 뒤에서 어머니가 손사래를 치며 달려오고 계셨다. 숨을 헐떡이며 다가오신 어머니는, 붉은 라면 봉지에 싸서 노끈으로 묶은, 아직도 따뜻한 무언가를 두근두근 기다리는 나에게 건네주셨다. 그리고서는 아즘찮은* 몸짓으로 막차를 놓치겠다며 어서 가라고 재촉하셨다. 둥근달이 뾰족한 꼭대기를 품은 소나무 아래서 뒤를 돌아보았다. 어느새 초등학생처럼 작아진 어머니는 아직도 그곳에 서서 막내아들의 뒤통수를 짠하게 바라보고 계셨다. 감나무가 많은 시목마을 열녀비각을 지나 논길이 굽은, 어머니가 보이지 않은 언덕배기에서 그 라면 봉지를 펼쳐보았다.

구운 갈치 두 토막! 느닷없이 비린내의 날카로운 가시가 왜 그렇게 서럽고 시큰하게 내 눈과 코를 깊이 찌르던지 왈칵 눈물이 쏟아졌다. 눈앞이 흐려 하늘만 쳐다보다가 가까스로 버스에 올라탔다. 고단함이 발바닥에서 머리끝까지 꽉 찼다. 묵은 파김치가 된 운전사와 차장과 나, 세 사람이 버스를 전세 낸 듯 실내는 썰렁하고 침침했다. 나는 맨 뒷자리에 앉아 차창 밖을 내다보았다. 유령 같은 미루나무 우듬지에 빈 까치집이 차츰 작아지면서 고향이 멀어져갔다.

글을 배우지 못한 어머니는 한 자도 남겨줄 수 없어서 소박한 생활과 얼로 비문을 새겨놓고 세상을 떠나셨다. 30년이 지났지만, 그 비문은 비바람에 조금도 풍화되지 않고 내 마음에 그대로 남아 있다.

또렷이,

'비릿한 삶을 구워 구수한 향기를 내라.'

* 아즘찮은 : 마음이 놓이지 않고 걱정스러운, 또는 아쉽고 서운한.

제8부

꽃길(동시집)

2016-2020

팔월

할아버지가 대인시장에서 수박을 고르신다
가운뎃손가락으로 수박을 툭툭 두드려보고
"잘 익었다." 하시고

노점상 널조각 곁에 바짝 쪼그려 앉은
내 머리를 톡톡 두드려보고는
"아직 멀었다." 하신다

택시 방

할머니가 신을 벗어 들고
주황색 택시에 오른다

할머니한테는
어디나 안쪽은 깨끗한 방이다

살가운 식구들이 살을 비비고
도란도란 이야기하는 아늑한 방

그곳은 어디나 거룩한 안쪽이다
할머니한테는

보리싹

눈 쌓인 들에서
연필심같이 푸른 이는
너뿐이구나

까치가 집을 지을 때
엄마 아빠 언니가
보리밭 밟아주면

더욱 튼튼히 자라
새봄을 불러내는
너는 선구자구나

고라니

송곳니 두 개가
입 밖으로 삐져나온 고라니
가을걷이가 끝난
콘크리트 농수로에 빠졌다

얼마나 굶었던지
눈은 깊숙한 동굴이었고
배는 메마른 콩깍지였다

나는 스마트 폰으로 119에
얼른 신고하였다

득달같이 달려온
구급차에 실려 가는 고라니
두 눈에 이슬이 맺혔고

내 눈시울도 시렸다

꽃길

간밤에 샛바람 불고 비가 왔어요

산이 세수하고 마을로 성큼 다가온 이른 아침

아기 살갗 같은 살구 꽃잎이 수북이 쌓인 길을

나는 깨금발로 조심조심 걸었어요

제9부

아득한 집
2020–2021

비

수직은

곧장 수평이 된다

수평은 동무가 참 많다

목련

꽃이 얼마나 아름다우면 사흘을 못 가는가

봄이 얼마나 아름다우면 석 달을 못 가는가

인생은 꽃보다 봄보다 아름다워서 이토록 짧은가

가슴에 화살이 꽂힌 채 하늘을 날고 있는 새처럼

집으로 가는 길

길고 고단한 하루
논배미에 땅거미 기어 올 때
쟁기질 끝내고 뚜벅뚜벅
집으로 돌아가는 길
목덜미에 멍에 자국 깊고
땀을 뻘뻘 흘리는 소를
마을 우물로 데리고 가
바가지로 등물해주며
어머니가 애틋하게 말한다

"여보게, 애썼네. 고마우이."

그러면 말 못 하는 소가
치맛자락에 이마를 조아리고
귀를 사알짝 흔든다
아기 바람과 악수하는
무화과 나뭇잎같이

평화주의자

참새가 총 든 허수아비 머리에 앉아

똥 싸고 날아간다

그래도 방아쇠를 당기지 않고

오히려 벌써 그리운 듯

새가 날아간 파란 하늘을 하염없이 바라보는

흰옷 입은 '사람의 아들' 앞에서

마을 원로인 벼들이 머리 숙인다

어머니 1

어머니가
산밭에 콩을 심는다
자로 잰 듯이 간격을 맞춰
땅에 세 알씩 묻는다

사람 몫만
헤아리지 않고
벌레 몫을 챙기고
새하고 함께할 몫도 살핀다

씨앗은 씨알이고
씨알은 열매

어머니는
씨앗지기이자 열매지기
생명을 낳고 먹이고 기르고
죽음으로 생명을 잉태하는
물레방아 땅이다

어머니 2
— 지참금

노모가 강아지 다섯 마리를 이웃들에게 분양하고
나머지 한 마리를 팔러 한재장에 갔지

아침에 첫 손님이 찾아와 얼마냐고 물었지
노모가 만 원이라고 대답했지
그가 너무 비싸다고 등을 돌렸고

오후에 두 번째 손님이 다가와 얼마냐고 물었지
노모가 칠천 원이라고 대답했지
그녀도 비싸다고 돌아섰고

파장 무렵 세 번째 손님이 지나다가 얼마냐고 물었지
이 손님이 아니면 강아지를 팔 수 없을 것 같아
노모가 오천 원이라고 얼른 대답했지

오천 원에 산 강아지를 상자에 넣고 저만치 가는
사돈 같은 남자를 노모가 살갑게 불러놓고
고쟁이에서 만 원을 꺼내주면서 당부했지

이 강아지는 손녀와 생선을 나눠 먹고 컸으니
하루만이라도 사료 말고 생선을 사다 주라고

해 질 무렵 간고등어 한 손 들고
집에 돌아온 노모에게 손녀가 여쭈었지
강아지를 얼마에 팔았냐고
노모가 대꾸했지
오천 원에 팔고 만 원을 주었다고

손녀가 어이없다는 듯이
"할머니 바보야?"
하고, 입을 삐죽거리자 노모가 조근조근 타일렀지

"애야, 부모가 딸을 시집보낼 때도
장롱이랑 이불이랑 숟가락이랑…… 혼수품을 주잖니?"

어머니 5

팔순인 어머니가
마당에서 대막대기로
마른 콩대를 두드리며
이순인 아들의 가슴에
세상 사는 법을 은근히
달빛처럼 비춘다.

콩 숭그면 콩 나고 퐅 숭그문 퐅 나. 긍께 나는 넘 숭보는
말, 고런 짜잔한 말 앙코 존 말만 숭그고 살아. 그라고 살라
고 맨나 애써. 봄에 존 씨앗을 숭그야 가실에 실한 곡석이
나오는 것맹키로.

어머니 11

어머니가 밭에 떨어진 콩을 쓸어와 집 마당에 늘면서 딸에게 말한다.

씨러담으문 얼매 되든 안 혀도 거그다 냉겨두고 올 수가 있가니. 공 딜여 키운 것은 다 귀허제. 돈 안 된다고 천한 것이 아니랑께. 씨앗은 한울(우주)이고, 한울은 하나밖에 없는 거여. 내남 없는 우리 목숨맹키로.

가장 어려운 혁명을 위하여

D. H. 로렌스가 「Kill Money」라는 시에서
'뇌, 피, 뼈, 돌, 영혼을 썩게 한다'는
돈 받고 노예로 사는, 생기 없는 노동을 거부하고
두메로 가련다 거기서 인간 규모의 집을 짓고
나를 위해 일하며 겸손하게 단순한 삶을 살련다

먹을 만큼만 농사짓고
마늘과 배추와 고추를 가꾸어 김장을 하련다

해 달 별 무지개 골짜기 바람 나무 바위 꽃 풀
반딧불이 나비 피라미 고동 지렁이 꾀꼬리……
돈 한 푼 없지만 근사하고 즐겁게 노래하며
뭐든 거저 주는

이 벗들과 다정히 어울리고 아침마다 새롭게 깨어나
생기 넘치는 일로 나를 부단히 갈아엎으련다
내가 가진 전부인 삶에 숨결을 쏟아붓고

멀찍이 떨어져 자급자족하며 살련다

맘몬신, 자본주의와 바이러스가 가장 무서워하는 삶
지구에 사는 생명들이 즐기는 기후와 인간다운 삶
자연과 세상이 제자리 잡는 삶

제정신으로 제대로 하는 그 모든 삶의 혁명을 경작하러
돌과 똥이 돈보다 더 쓸모 있는 산마을로 가련다

아득한 집

다락이 있는 집
장독대 곁 감나무에 이마를 댄
술래가 눈을 뜨고도 좀처럼
아이들을 찾을 수 없는 집
아버지한테 꾸지람 듣고
혼자 웅크리고 앉아 분을 삭이는
대청마루 밑 은신처가 있는 집
어머니가 저녁밥 먹으라고
헛간에서 고샅에서 이웃집에서
이름을 불러대며 찾고 다녀도
일부러 꿈쩍 않고 애타게 하는
그 은신처로 돌아가고 싶은 집
객지에서 서럽고 쓸쓸하고 고단하여
달이라도 쳐다보고 싶을 때 곧장 달려가
건너고 싶은 강이 있고
오르고 싶은 산이 있고
걷고 싶은 들길이 있고
등목하고 싶은 우물이 있는 집

북새풍이 불면 방패연을 날리고

눈썰매 타고 싶은 언덕이 있고

부지깽이로 흙벽에 낙서하고픈 골목이 있고

기대고 싶은 정자나무가 있고

도서관 같은 그 그늘에서 사철 구수하게

옛이야기 들려주는 할아버지가 있는 집

함부로 말할 수 있는 동무가 마중 나온

두엄 냄새가 풍기는 대나무골 삼암마을

부엌에 그을음 번들거리고

뜨락에서 어미 닭과 병아리들 놀고

얼룩소가 느긋하게 되새김질하는

마당 넓고 싸리울 낮은 집

나는 1993년 『문학공간』 추천신인상에 시 다섯 편을 응모했다. 당선하여 시인의 길을 걷기 시작하였다. 그때 그 시에 대해 "김정원 씨의 시는 섬세한 서정이 의외로 인상적이다. 감정의 이미지가 다채롭고 아름답다. 앞으로 좋은 시를 쓸 수 있는 소양을 보인다." 하고 심사평을 해주신 시인이 김규동, 박재삼 선생님이었다. 나는 2007년 봄에 시집 『줄탁』을 낸다고 김규동 선생님께 말씀드렸다. 선생님이 축하한다며 원고지에 만년필로 쓴 추천사이자 당부의 말씀을 보내주셨다.

시를 쓰지 않고 못 배긴다는 이는 매우 행복한 존재다. 세상에서 시만큼 높고 아름답고 거룩한 것은 없다. 이러한 시를 쓰지 않고 못 배긴다는 것은 대단한 사건이다. 이런 세계에 푹 빠져서 불철주야 시를 생각하는 사람을 어찌 복 받은 존재라 하지 않을 수 있겠는가.

때를 툭툭 털어버리고 나서는 세계이다. 십자가를 질 결심으로 어디서나 사랑을 실천하는 일이다. 무소유를 즐겁게 받아들이는 마음가짐이다. 가난하지만 진실하게 살고 죽을 결심으로 처신해가는 과정이 바로 시를 행동하며 살아가는 길이 아니겠는가.

고단하고 괴로움이 많은 이런 삶의 길이 무엇이 좋다고 마음을 굳히고 벌써 그 길을 걷는 이를 어찌 대단한 존재라 하지 않을 수 있겠는가.

나는 이런 이를 가리켜 행복한 존재라 감히 말하고 싶다.

김정원 님은 바로 이러한 삶을 지향하는 사람들 가운데 한 분이다. 하루라도 시를 읽지 않고 쓰지 않은 날은 잠이 오지 않는다는 김 시인은, 교육 현장에서 학생들을 가르치는 일에 온 힘을 기울이고, 여기서 체험하는 여러 소재를 시적 언어로 승화시켜 나아간다. 교사와 제자들 사이 광범위하고 다양한 관계뿐 아니라 슬픔과 기쁨에 얽힌 사연들이 시의 모체가 되는 수가 많다.

김 시인은 소재를 넓게 개척하여 그것을 우리 앞에 선보이는 능력이 있다. 그리하여 소재가 감동 어린 언어를 타고 승화하는 내적 연소의 아름다운 몸짓도 차츰 나타난다.

감흥 없이 시는 쓰이지 않는다. 감흥이 첫째도 둘째도 우리가 가장 존귀하게 여기는 알맹이라면 앞으로 김 시인은 소재는 이만하면 되겠고 어떻게 하면 여기에 열기를 더한층 불어넣어 감흥과 공감을 불러낼까에 온몸으로 부딪쳐 나아가야 하리라. 일편단심으로 이 일을 성취해주길 당부하는 바이다.

주례사 비평과 용비어천가 일색인 홍보 글이 난무하는 시대에, 이 얼마나 애정을 담은 진실한 조언인가! 또, 이 얼마나 값지고 빼어난 시학인가! 나는 감동하여 선생님을 은사님으로 모셨다. 선생님의 시를 읽고 선생님과 편지를 주고받으며 감흥과 공감을 얻을 수 있는 시를 쓰려고 내 나름대로 창작 철학을 세웠다. 마치 철학자 니체가 '신은 죽었다'라고 선언한 것처럼, 나도 이전의 시작법과 시, 그리고 몇 군데서 받은 문학상을 무시하고, 『애지』에 「줄탁」 등 다섯 편의 시를 새롭게 발표하며 작품 활동을 시작했다. 다시 개벽이었다.

해 아래 새것은 없다! 시작(詩作)은 무에서 유를 창조하는 일이 아니다. 시작은 발견하는 일이다. 사랑, 자연, 사람, 생명, 고향, 이치……. 이런 것을 새롭게 알아가는 일이다. 다른 사람들이 이미 다 본 것을 나도 보았다고 우기는 일이 아니라, 다른 사람들이 이미 목격하고도 그냥 간과한 것을 발견하고 참신하게 표현하는 일이다. 그러기에 죽는 날까지 시의 정상에 닿을 수 없다. 늘 가파른 오르막길이다.

잘 빚은 항아리처럼, 세상에 잘 쓴 시는 많다. 그러나 좋은 시는 적다. 잘 쓴 시를 읽고 '참 잘 썼네!' 하고 칭찬은 하지만, 자기도 모르게 '좋다!' 하고 무릎을 치며 먼 산을 바라보지는 않는다. 그러나 좋은 시는, 쓰는 사람도 읽는 사람도 감동한다. 모두 눈시울 시리게 무릎을 치고, 망치로 뒤통수를 맞은 듯, 먼 산을 한참 바라본다. 공감하기 때문이다. 이 시가 영락없이 내가 사는 이야기를 하는 것 같기 때문이다.

공감은 진실하고 고뇌하는 삶에서 나온다. 그 삶을 꾸밈없이 받아쓰면 감흥을 불러일으키는 좋은 시가 된다. 설명이 아닌 묘사, 절제된 감정, 중의어와 반어, 시골 어머니의 말, 서사와 서정을 아우른 주술가(呪術歌), 사물에 대한 섬세하고 진득한 관찰, 고독하지만 깊은 사유, 반전과 역설, 해학과 풍자, 독특한 비유와

상징, 낯선 표현으로, 유행을 따르거나 인기를 좇지 않고, 자기만이 낼 수 있는 빛깔과 소리로 시를 써야 한다. 몸으로 써야 한다. 몸은 진실하고, 시는 몸이 신음하는 소리기 때문이다.

나는 나에게 바란다. 단 한 편이라도 뭇 사람들이 읽고 '좋다!' 하고 절로 무릎을 치고 먼 산을 바라보는 여운이 긴 시, 어렵지 않게 읽을 수 있으나 뜻이 웅숭깊은 시, 필사하고 암기하고 낭송하고 싶은 울림이 있는 시, 설령 지금은 몰라보고 묻힐지라도 나중에 발굴되어 인구에 회자하는, 고전이 되는 시를 낳기를!

만 60세는 시작(詩作)의 기본, 다시 시작이다.

金貞源 | 시인